LES
DECRETS DIVINS,
O D E
A U R O I,
SUR SA CONVALESCENCE.

Par M. TANEVOT.

A PARIS,

Chez PRAULT pere , Quai de Gêvres, au Paradis, &
à la Croix blanche.

M. DCC. XLIV.

LES DECRETS DIVINS,

O D E

A U   R O I,

SUR SA CONVALESCENCE.

QUELLES clameurs, quels bruits funeftes,
Se font entendre dans les Airs !
Vous pâliffez , Flambeaux Céleftes!
Quel coup ébranle l'Univers !
Que vois-je ? Quel finiftre augure
Confterne toute la Nature,
Et glace le cœur des Humains !
GRAND DIEU ! Ce Monde qui décline ,
Touche-t-il donc à fa ruine ?
Va-t-il échaper de Tes Mains ?

MON Prince expire ! Eh, je demande,
Dit *Arifte* dans ces momens,
D'où peut naître une horreur fi grande,
Au fein de tous les Elémens ?
Clarté, que ne m'es-tu ravie !
Que n'ai-je vû borner ma vie
Avant ce Jour rempli d'effroi !
Que fous tes Traits elle fuccombe,
Jufte Ciel ! Ouvre-moi la Tombe,
Et la referme pour mon ROI.

C'ETOIT fon efpoir le plus tendre,
Lorfque du célefte Lambris,
Il voit un Efprit Saint defcendre
Sur un Char d'or femé de Lys :
Un brillant Tiffu le courronne ;
Sa Robe, dont l'éclat étonne,
De l'Albâtre offre la blancheur.
Dès qu'*Arifte* reffent fa flamme ;
Le Calme régne dans fon ame,
Et l'Allégreffe dans fon cœur.

Il s'écrie : O Bonheur extrême !
Louis triomphe de la Mort !
J'en croirai, Ministre Supresme,
Votre Préfence & mon Tranſport.
Reçois-en cette illuſtre marque,
Ton zéle ardent pour ton Monarque,
Répond alors cet Eſprit pur,
A mérité dans tes alarmes,
Qu'un Ange, pour ſécher tes larmes,
Des vaſtes Cieux s'ouvrît l'Azur.

Il vit. La Bonté Souveraine,
Le rend, aux vœux de ſes Sujets,
Aux ſoupirs d'une Auguſte Reine,
A ſa Famille, à ſes Projets :
Il ſort de la Nuit, il s'éveille ;
La Santé riante & vermeille,
Sur ſon Teint répand ſes appas :
Tel qu'un Aſtre, qui vient d'éclore,
Il brille ; & ſa premiere Aurore
Renaît des Portes du Trépas.

LORSQUE les Rivieres fécondes,
Variant leur cours fruƈtueux ,
Ont enfin dépofé leurs Ondes
Dans les Fleuves majeſtueux ,
Bien-tôt, d'une vague rapide,
Ces Fleuves , que leur pente guide,
Dans l'Océan portent ces Eaux,
Qui s'y perdent, s'y fertilifent,
Et de fon fein fe reproduifent
Pour s'unir encore à fes flots.

AINSI nos Légions entieres,
Au Dieu qui forme nos accens,
Préfentoient les humbles Prieres,
Qui fe mêloient à notre Encens.
Quand ce Grand Dieu qui nous anime,
Du haut de fon Trône fublime,
Regarde Ifrael & fes maux.
D'une refpeƈtueufe crainte,
L'immortelle Cour eſt atteinte,
Elle entend proférer ces mots :

Ce Fils aisné de mon Eglife,
Après moi, fon digne Soutien,
Comme fes Ayeux, s'éternife;
Je fuis leur Dieu, je fuis le fien:
Toujours préfens à ma mémoire;
Leurs vœux intéreffent ma gloire
Pour leur Rejetton précieux:
Qu'il vive long-temps fur la Terre;
Qu'il foit dans la Paix, dans la Guerre,
L'Image du Maître des Cieux.

Alsace, dès que tu l'appelles
Pour te défendre & te venger,
Les Vents le portent fur leurs aîles;
Il vole où régne le Danger:
Mais, au moment que, plein de joye,
Il alloit fondre fur fa Proye,
J'arrêtai fes pas triomphans.
Il le falloit, pour mieux connoître
Un Pere tendre, dans un Maître,
Dans des Sujets, de vrais Enfans.

APRE's avoir fourni fa Courfe,
Sous des Soleils purs & ferains,
A jamais devenu la fource,
Et l'exemple des Souverains,
Qu'il entre dans mon Héritage ;
Dans ces Cieux, où, pour appanage,
Coule un Torrent de Volupté.
Qu'avec vous, fon ame fans ceffe,
Goûte dans une fainte yvreffe,
La Gloire & l'Immortalité.

DIEU dit : Les Sacrés Tabernacles
Refonnent d'un Bruit éclatant :
Pour t'annoncer ces Saints Oracles,
Je quitte l'Olympe à l'inftant.
Célébre LA TOUTE-PUISSANCE ;
Que ta vive Reconnoiffance
Eclate en ce Jour folemnel.
Les vœux du cœur font la Couronne
Que nous mettons au pied du Thrône
Où nous adorons l'ETERNEL.

A ces mots, l'Ange Tutélaire ,
Retourne aux Céleſtes Remparts.
Cet heureux Mortel qu'il éclaire ,
Sur ſon vol fixe ſes Regards ;
Eblouï de Clartés brillantes ,
Il léve ſes Mains vigilantes
Vers ſon Bienfaicteur radieux :
Plus ardent , plus ſenſible encore ,
Son Cœur que le zéle dévore ,
S'élance avec lui dans les Cieux.

TELS furent , Montagne Sacrée ,
Ces Diſciples pleins de ferveur ,
Lorſqu'au ſéjour de l'Empirée ,
Ils virent monter leur SAUVEUR.
O Temps de Lumieres , de Graces ,
Où de ce Dieu , ſuivant les traces ,
Le Monde fut ſanctifié !
Où , de la Paix , de l'Innocence ,
Sur les débris de la Licence ,
Le Temple fut édifié !

GRAND ROI, qui produis dans mon ame,
Ces impétueux mouvemens,
Daigne de l'ardeur qui l'enflâme,
Avoüer les raviſſemens.
Qui te contemple, & ton Empire,
Se livre entier à ſon délire,
Et ne connoît point d'autre Loi.
Loin d'ici, tout Eſſor vulgaire ;
Il faut franchir l'Humaine Sphére,
Pour s'élever juſques à TOI.

F I N.

Lû & approuvé ce 10. Octobre 1744. Signé, CREBILLON.

Vû l'Approbation. Permis d'imprimer. A Paris, ce 10. Octobre 1744.
MARVILLE.

www.ingramcontent.com/pod-product-compliance
Lightning Source LLC
Chambersburg PA
CBHW061448170626
46811CB00005B/2411